MAITRISE

DE

L'ÉGLISE MÉTROPOLITAINE

DE REIMS

ET

M. L'Abbé HARDOUIN

Par l'Abbé CERF

Decantat Domino, dulce sonantibus,
Docta, Virgo manu quos animat tubis;
Purum, ne peveam, da mihi cor, Deus
Fiat corpus et integrum
(Fête de sainte Cécile.) Santeuil.

Sur l'orgue dont sa main anime l'harmonie,
Elle entonne au Seigneur ce cantique si beau:
Donnez-moi, sagesse infinie,
Un cœur pieux, un esprit nouveau.
Bernard de la Monnaye.

REIMS

V. GEOFFROY ET C°, IMPRIMEURS-LIBRAIRES

24, RUE PLUCHE, 24.

1872

MAITRISE

DE

L'ÉGLISE MÉTROPOLITAINE

DE REIMS

ET

M. L'Abbé HARDOUIN

Par l'Abbé CERF

———

Decantat Domino, dulce sonantibus,
Docta, Virgo manu quos animat tubis;
Purum, ne peream, da mihi cor, Deus
Fiat corpus et integrum
    (Fête de sainte Cécile.)   SANTEUIL.

Sur l'orgue dont sa main anime l'harmonie,
Elle entonne au Seigneur ce cantique si beau:
    Donnez-moi, sagesse infinie,
  Un cœur pieux, un esprit nouveau.
    BERNARD DE LA MONNAYE.

REIMS

V. GEOFFROY ET Cⁱᵉ, IMPRIMEURS-LIBRAIRES

24, RUE PLUCHE, 24.

1872

A

MESSIEURS LES VÉNÉRABLES

Doyen, Chantre, Chanoines

DE L'ÉGLISE MÉTROPOLITAINE DE REIMS,

UN SOUVENIR DE RECONNAISSANCE

MAITRISE

DE L'ÉGLISE MÉTROPOLITAINE DE REIMS

ET M. L'ABBÉ HARDOUIN

———

I.

On donne le nom de *Maîtrise de musique* non-seulement au logement destiné aux enfants de chœur et à leur maître dans les cathédrales, mais à l'institution elle-même, qui, dans l'origine, joignait à la culture de la musique l'enseignement du latin et des sciences (1).

J.-P. Schmit fait remonter les maîtrises aux deux grandes écoles que Charlemagne fonda, l'une à Aix-la-Chapelle, l'autre à Reims, sous la direction de clercs musiciens qu'il avait fait venir de Rome pour introduire la connaissance pratique du chant grégorien dans ses états (2).

L'institution des maîtrises prit un très-grand développement à l'époque de la Renaissance. Ces écoles de chant ou Psalettes

(1) *Fortunat* 2. 10 représente le clergé, les laïques, les enfants chantant dans les églises, d'après les exhortations des évêques : *Pontificis monitis, clerus, plebs psallit et infans.*

(2) *Walafridus Strabo* dit que le chant de l'Église Gallicane fut réformé par les clercs de l'Église de Rome, sous Étienne III, environ le règne de Pépin.

Pithou le chroniqueur affirme que Charlemagne établit deux écoles de chant : mais il les place à Metz et à Soissons.

Cocquault, dans ses tables, *ad annum 787*, dit : « Charles fait voyage à Rome ; du chant de l'Église de Rome qu'il fit prendre aux Églises. »

fournirent aux églises des chantres, des organistes, des maîtres de chapelle, des compositeurs distingués.

« Avant la révolution de 1789, dit M. Portalis (1), il n'y avait point d'autres institutions publiques pour l'enseignement de la musique vocale... Non-seulement les maîtrises suffisaient, mais en outre il était reconnu qu'elles ne pouvaient être remplacées. »

Cette grande institution, à l'époque où la Révolution allait la faire disparaître, était une des nombreuses gloires de l'Eglise.

« Avant 1789, dit M. J. d'Ortigue (2), la France contenait quatre cents maîtrises et chœurs de musique, et autant de maîtres de chapelle entretenus *par les chapitres des cathédrales, des collégiales, par les curés des paroisses, par les monastères :* chaque maîtrise contenait en moyenne vingt-cinq à trente personnes, et le nombre des musiciens répandus dans tout le pays formait ainsi un total d'environ dix mille artistes, parmi lesquels il fallait compter quatre mille élèves ou enfants de chœur... On estimait que quatre ou cinq mille de ces chanteurs pouvaient lire *toute musique à livre ouvert.* »

La Révolution supprima les maîtrises. On s'aperçut, quand le culte fut rétabli, du vide que ces établissements avaient laissé après eux.

En 1807, M. Portalis, jetant un regard en arrière sur les anciennes écoles capitulaires, appela l'attention de l'empereur sur « une institution qui fut, dès le règne de Pépin, le berceau de la musique en France et constamment l'école de ceux qui ont parmi nous avancé le progrès de ce bel art », et « qui peut seule », ajoutait-il, « former et conduire à la perfection la musique vocale exécutée par des hommes. »

(1) Rapport à S. M. l'empereur par Son Exc. le ministre des cultes. 19 avril 1807.
(2) *La Maîtrise,* journal de musique. 15 avril 1857.

Les conseils généraux votèrent alors des fonds pour l'entretien ou le rétablissement des maîtrises. Les résultats furent peu sensibles.

« M. Bigot de Préameneu, ministre des cultes en 1812, adressa aux évêques de nombreuses questions sur la liturgie, la musique et le chant ecclésiastique, dans leurs diocèses. Il les pria de leur faire connaître leurs vues sur l'organisation de ce service (1). » Lesueur et Choron tentèrent de rétablir les maîtrises; ce fut en vain. 1814, 1815 firent penser à autre chose.

Plus tard, M. Niedermeyer adresse une lettre à M. Fortoul, en lui soumettant le projet de fondation d'une école « qui, dit-il, deviendrait en peu de temps une grande maîtrise destinée à former, pour les cathédrales de France, les grandes paroisses de Paris, une pépinière d'enfants de chœur qui, plus tard, deviendraient, chacun selon son aptitude particulière, des chanteurs, des maîtres de chapelle et des compositeurs. »

Le ministre, dans une circulaire à NN. SS. les évêques, donne son assentiment à cette école « où seront préparés, par l'étude du chant, du contre-point, de la fugue, et des chefs-d'œuvre des grands maîtres du XVIᵉ. XVIIᵉ, XVIIIᵉ siècle, tous les artistes destinés à composer les maîtrises et les chapelles de nos cathédrales, depuis le simple enfant de chœur jusqu'au compositeur. »

« Le plain-chant, base de la musique religieuse, sera, dans cette école, l'objet d'un soin particulier... On semble oublier que c'est à sa tonalité propre que le plain-chant doit son caractère grave et religieux qu'on lui fait perdre en l'associant à l'harmonie moderne. »

La nécessité d'avoir des maîtrises stimula le zèle des diffé-

(1) Lettre ministérielle en date du 12 octobre 1812, promettant des secours aux évêques qui adopteraient le projet de faire des psalottes des pépinières d'artistes.

rents ministres des cultes qui se succédèrent. Par une lettre datée du 2 août 1853, M. Rouland décide que des encouragements seront donnés aux élèves qui sortiront de l'école fondée par M. Niedermeyer.

Malgré 1870, M. Jules Simon, à son tour, manifeste son désir de « donner à la musique religieuse en France tout l'appui et tous les encouragements qui sont en son pouvoir (1). »

Dans ce but, il vient de donner à M. Vervoitte (2), maître de chapelle de l'église de Saint-Roch, à Paris, la mission de visiter les écoles de chant diocésaines.

Cette pensée ne pouvait qu'être agréable à NN. SS. les évêques de France, et surtout à Son Excellence Monseigneur l'Archevêque de Reims qui montrera avec confiance et même avec orgueil la Maîtrise de sa métropole.

L'occasion nous a donc paru favorable de dire un mot de cette maîtrise et d'un de ses plus illustres maîtres, M. l'abbé Hardouin.

II.

MAÎTRISE DE LA CATHÉDRALE.

Nous ne pouvons pas préciser la date de fondation de la Maîtrise de l'église métropolitaine de Reims.

(1) Lettre de M. J. Simon, aux évêques de France, datée de Versailles, le 18 novembre 1871.

(2) On ne pouvait, selon nous, faire un plus heureux choix pour l'inspection des maîtrises. M. Vervoitte, dont la vie tout entière a été consacrée exclusivement à l'étude de la musique religieuse, s'est rendu célèbre par ses compositions nombreuses en ce genre. Aussi, pour ne parler que de la cathédrale de Reims, on admire toujours dans les grandes solennités, sa messe et ses motets *Domine Deus meus, O Jesu, Panis Angelicus*, etc., œuvres d'un caractère grandiose, d'une expression pénétrante, d'une inspiration pieuse qu'on ne rencontre que chez les grands maîtres.

D'après D. Marlot (1), en 900 « un clerc du nom d'Aurélien composa un livre intitulé *Tonarius regularis*, traçant les modulations du chant, et le dédia à l'archichantre de la cathédrale appelé *Bernard* ». A cette époque, en l'église de Reims, on s'occupait donc sérieusement de chant (2)?

En 1300 (3), en 1318 (4) et en 1322 (5), nous trouvons dans les archives de la cathédrale des preuves de l'existence des *Enfants de chœur.*

Les mêmes enfants, en 1406, reçoivent de *Laurent de Raillicourt,* pour eux et pour leur maître, une maison, sise à Reims, en face de la maison d'Avenay, à charge de dire pour

(1) D. Marlot prétend que cet Aurélien était clerc de l'église de Reims : 4 vol. p. 661, édit. acad.
Langres le revendique à bon droit comme un des siens... *Reomensis* a été pris par erreur pour *Remensis* (Réomé ou Moutier est du diocèse de Langres.

(2) A Reims, on cultiva toujours beaucoup la musique. Ecoutons sur ce point un témoignage que personne ne voudra révoquer. « Transportons-nous par la pensée au Xe siècle et au-delà, dit M. l'abbé Bandeville (*Des Bénédictins*), nous verrons à Saint-Remi de Reims Hucbald (auteur de différents traités sur la musique : 1º *de Harmoniá*... 2º *Musica enrichiadis*... 3º *de Symphoniis*... 4º *de tonis*... voyez Gerbert) de Saint-Amand faire marcher de pair l'étude de la musique et celle de la philosophie et des lettres. Cet artiste ne se contente pas de composer pour les abbayes de Saint-Thierry et de Saint-Nicaise les offices de leurs saints patrons ; mais dans de savants traités il développe les règles de son art, il donne les diverses dimensions des tuyaux d'orgue, le poids des cymbales, les règles des consonnances ou du chant à plusieurs voix ; il perfectionne le système de notation au moyen des lettres de l'alphabet, et, si nous en croyons Sigebert, sa méthode est tellement facile, qu'avec elle l'homme le plus ignorant en musique peut, de lui-même, sans le secours d'aucun maître, arriver à un certain degré d'habileté (heureusement pour les professeurs, il n'en est plus de même aujourd'hui.) Là encore Gerbert ranime le goût de la musique et fait des orgues avec des procédés dont le secret est perdu.

(3) 1300 : *Comptes du Chapitre :* le sénéchal donne chaque année : *pro pilis, polis, crocis pueris chori per annum IIII. S...* VARIN, arch. adm., tome II. p. 385.

(4) 1318 : La sixième chapelle de l'autel de saint Barthélemy est réunie à la mense des enfants de chœur. *Varin.* arch. législ., 2º partie. Statuts. 1 vol. p. 125.

(5) 1322 : Statut du chapître, supprimant l'usage introduit à l'hôpital de la B. Vierge Marie. de donner à manger aux enfants de chœur, en Avent, après Matines : *ipsis pueris de Choro... andouillias et alia cibaria comedere.* VARIN, arch. du chapitre. lay. 12, lias. 20, nº 1, fol. 302.

lui, toutes les nuits après l'office des Complies, le *De profundis et le Requiem.*

En 1423, par une bulle du 21 octobre, la 16ᵐᵉ prébende est unie aux enfants de chœur.

En 1564, 9 mars, Jean Grignion de Laon donne 100 livres, à la charge de faire chanter par les enfants, tous les jours après complies, *Domine miserere nobis* (1).

Le chapitre accepte en 1619, 450 livres offertes par Vallerand Payen, chanoine, pour fondation de la récitation à hautes voix par les enfants de chœur, de *O bone Jesu, esto famulis tuis,* du chant du *Stabat* tous les vendredis de carême par les mêmes, avec les collectes O, à charge de donner 25 sols tous les ans, pour la récréation des enfants de chœur de Saint-Nicolas (2).

En 1465, selon Marlot, en 1446, d'après Géruzez, Jean Petit est envoyé à Cambray pour se perfectionner dans la sience du chant religieux ; à son retour, il fut nommé *maître de chapelle* de la cathédrale.

Ne serait-ce pas à cette époque que l'on commença à chanter en musique dans l'église cathédrale de Reims (3) ?

La *Maîtrise* des enfants de chœur se composait de dix enfants entretenus par le chapitre (4). Les parents « donnaient le premier habit, souliers, chemise, saye, robbe, bas de chausse, chaperon, ceinture, bonnet carré, heures et écriptoires. »

« Ils portaient la soutane rouge, dit le cérémonial de 1637. En temps d'hiver, ils avaient des chapes de laine sur leurs surplis ; en temps d'été le surplis et un jugum. (Ce devait être un collet ou une petite pélerine couvrant le cou.) »

(1) Fab. arch. Lay. 15, lias. 23, n° 19.
(2)   id.   Lay. 15, lias. 23, n° 54.
(3) Cocquault, dans ses tables, 1465, nous apprend : « *Qu'en ce temps on ne chantait musique à l'église de Reims et fut envoyé un nommé Petit Jean à Cambray pour l'apprendre, afin de l'introduire dans l'Eglise de Reims.*
(4) *Decem pueri chori ;* VARIN, arch. legis. 2ᵉ partie, Statuts. 1 vol. p. 48.

« Chaque enfant entrant en semaine devait avoir la *couronne*
faite (1). »

Aux jours de fêtes, ils avaient des aubes et des tuniques
de soie. Ils portaient même des chapes (2).

La cloche que l'on sonne tous les jours pendant la consécra-
tion de la messe capitulaire, servait autrefois à appeler les enfants à l'office : elle portait leur nom ; on en trouve des preuves
dans une fondation de 1586.

Les enfants étaient soumis à un règlement très-sévère qui
prouve que non-seulement ils apprenaient la musique, mais encore le latin, comme l'atteste un règlement du 25 août 1681,
renouvelé des anciennes ordonnances du chapitre.

« Tous les jours de l'année, les enfants de chœur doivent se
lever au troisième coup de matines.

» Etant habillés, ils vont à la chapelle, accompagnés de leur
maître, qui leur fait dire les prières, savoir: *Veni sancte
Spiritus, Pater Noster, Credo, Salve regina et la collecte.*

» Au dernier coup de matines, les enfants sortent pour aller
à l'église, conduits par leur maître.

» Les matines finies, les enfants retournent au logis et dé-
jeunent, puis étudient, jusqu'à la clochette, *ce qu'ils doivent
chanter à la messe.*

» La clochette commençant à sonner, les enfants retournent
à l'église, où ils demeurent jusqu'à la fin du service.

» Etant de retour, le maître fait la leçon jusqu'à onze heures.

» A onze heures, le maître et les enfants dînent en même
table, dans la salle, et l'un des six grands fait la lecture pendant un quart d'heure. »

(1) *Statuts du XIVᵉ siècle;* XXIII. VARIN, arch. legis., 2ᵉ partie, Statuts,
pag. 50, 1 vol. « *Gerant magnam tonsuram.* »
(2) Voir la fête des saints Innocents.
Voir le cérémonial de 1637, où il est dit que le vendredi de chaque
semaine le maître des enfants de chœur officiait, après les matines, et
pendant qu'il disait la messe fondée par Grand-Raoul, deux enfants
faisaient choristes et portaient chape.

Vient ici un détail de propreté personnelle, dont nous faisons grâce au lecteur : à raison de ce détail, les enfants portent depuis les cheveux ras.

« A midi, chacun se met à l'étude: savoir ceux qui étudient *au latin* prennent la leçon de leur maître dans la salle basse et les autres vont étudier la musique dans la salle haute.

» Le maître de latin doit enseigner pendant une heure, laquelle finie, les enfants qui étudient en la salle haute descendent pour étudier avec les autres.

» A la clochette, *celui qui doit chanter le verset de none* va à l'église, accompagné d'un des quatre grands.

» None étant chantée, ils reviennent à la maîtrise étudier avec les autres jusqu'au tintin des vêpres, lesquelles commençant sonner, ils vont à l'église.

» Le service achevé, les enfants reviennent au logis et étudient jusqu'à cinq heures.

» A cinq heures, les deux grands enfants font la répétition des leçons et répons de matines aux six petits, jusqu'à six heures.

» A six heures, ils soupent avec leur maître ; après le souper, le maître fait la répétition des leçons, puis vont à la récréation jusqu'à huit heures.

» A huit heures, ils vont tous à la chapelle, où ils disent les *litanies* de la Vierge. *Pater noster*, *Confiteor* et font l'examen de conscience.

» Après l'examen, les deux petits chantent par trois fois *O bone Jesu* et une fois *Miserere nobis* et les autres répondent en faux-bourdon (1).

» Au sortir de la chapelle, chacun prend de l'eau bénite et s'en va coucher.

(1) Fondation de 1619. page 15. liasse 23. n° 54.
.Dans le titre on voit que les enfants recevront 25 sols tous les ans pour leur récréation.

» Un quart d'heure après, le maître doit aller voir si tous les enfants sont couchés et si la chandelle est éteinte.

» Les six derniers vont alternativement, deux à deux, mettre la nappe et desservir après les repas.

» Ils doivent aussi aider la servante à balayer la salle, et nettoyer le lieu secret les mercredis et samedis.

» Les jeudis de chaque semaine, les enfants ont congé après le dîner, et le mardi après les Vêpres.

» Toutes les fois qu'il y a sermon les fêtes et dimanches, ils y doivent aller suivis de leur maître.

» Personne ne doit aller voir les enfants (non pas même les parents), leur porter ni envoyer vin, ni viande, sans la permission de M. le maître de la prébende (1) ».

Les enfants de la maîtrise restèrent bien longtemps dans la rue du Cloître, en une maison surmontée encore aujourd'hui d'un pélican qui nourrit ses petits. Cette maison placée, à l'entrée du grand cloître, servait aux chanoines, pour recevoir les personnes de dignité. Elle possédait une riche vaisselle d'argent. Hardouin l'habitait en 1772.

En 1442, on voulut refaire la châsse de saint Rigobert: on avait compté sur la générosité des dames, dit M. Tarbé. La tradition rapportait que c'était à ce saint que les veuves devaient les avantages matrimoniaux à elles assurés par les coutumes de Reims. Il paraît qu'alors elles se montrèrent peu reconnaissantes, ce dont Cocquault s'indigna. Il fallut sacrifier à la châsse l'argenterie de la maîtrise. Elle fut depuis remplacée, et le chapître put continuer à exercer son hospitalité.

De la maîtrise de la cathédrale sont sortis plusieurs prêtres, des maîtres de musique et des organistes (2). C'est la maîtrise qui a eu l'honneur de former M. l'abbé Hardouin qui devint

(1) *Cérémonies extraordinaires de l'église de Reims, p. 179. Ms. conservé à la bibliothèque de l'archevêché.*

(2) La cathédrale possède de la musique de J. Caillet. *Eccl. rem. musicæ moderator* 1671.

plus tard, comme maître de chapelle et compositeur, une des gloires de la cathédrale et de la cité.

Cette institution n'a pas dégénéré? Nous en prenons à témoins les personnes qui si souvent entendent dans la métropole les chants nombreux et variés qu'elle est chargée d'exécuter.

La maîtrise est ce qu'elle a toujours été, une des plus célèbres de la France, grâce à M. Robert, grâce aux nombreux sacrifices que s'impose la Fabrique, et dont lui doivent tenir compte les personnes qui demandent quelquefois à quoi sert l'argent que l'on donne dans les églises.

On n'entretient pas sans argent : un maître de chapelle que la capitale nous envie; deux organistes de talent ; 12 choristes dont plusieurs sont professeurs de musique ; 30 à 40 enfants logés et gardés par 4 frères des écoles de la doctrine chrétienne (1).

III

M. L'ABBÉ HARDOUIN.

Hardouin (l'abbé Henri) né à Grandpré (Ardennes) vers 1724, était fils d'un maréchal-ferrant. A l'âge de dix ans il fut admis comme enfant de chœur à la maîtrise de la cathédrale de Reims.

---

(1) Les autres églises de Reims, avec peu de ressources, s'efforcent de donner aux offices le plus de solennité possible, en faisant exécuter des morceaux de musique. Elles suivent en cela d'anciennes traditions, si nous en croyons un ancien paroissien de Saint-Jacques, J. Pussot. « En icelle par longues années, j'ai veu assiduellement faire moultz beaux et honorables services, passant en renommée les autres paroisses (sans mépris d'icelles).

    » J'ay veu fort longtemps, en l'église Saint-Jacques,
    » Journellement il semblait estre à Pasques. »

Il ajoute, il est vrai :

    « Mais maintenant, hélas! vicarielement
    » Le service se faict, le bon Dieu scait comment! »

Si le malin chroniqueur revenait de nos jours, il regretterait ce trait lancé en 1623 : en assistant aujourd'hui aux offices en l'église de Saint-Jacques il se croirait « estre à Pasques. »

Il y fit de rapides progrès dans la musique. Ordonné prêtre, il obtint, en 1748, la place de maître de chapelle de l'église métropolitaine, dont il remplit les fonctions pendant plus de 40 ans.

Pendant la révolution, l'abbé Hardouin se retira chez un neveu, et après la mort de Robespierre, quand les églises furent rendues au culte, il reprit ses fonctions de maître de chapelle, reconstitua la maîtrise avec quelques anciens enfants de chœur.

Son grand âge et ses infirmités le forcèrent de se retirer chez un frère qui lui restait à Grandpré. C'est là qu'il mourut le 13 août 1808, à l'âge de quatre-vingt quatre ans. Ses élèves, chaque année, allaient à Grandpré, le jour de saint Médard, pour exécuter une de ses messes et le consoler ainsi de la privation qu'il éprouvait de ne plus être à la cathédrale.

Plusieurs biographes semblent dire que M. l'abbé Hardouin était chanoine (1) de la cathédrale. C'est une erreur ; M. Hardouin a été nommé chanoine en 1776, mais dans l'église collégiale de Ste-Balsamie (2), la fille bien-aimée de Notre-Dame de Reims. L'almanach de Reims porte 1776, et le grand-livre de messes copiées à la main, 1775.

Son portrait en peinture se trouve chez M. Simon, peintre. Il a été reproduit par Pierre Varin et édité par M. Quentin, libraire (3).

M. l'abbé Hardouin a laissé de nombreuses compositions musicales : Messes, Motets, Hymnes, Proses, Antiennes de tous

(1) M. Michaud et M. Fétis dans sa biographie des musiciens. Art. Hardouin.

(2) Les membres de ce chapitre avaient le titre de chanoine en l'église de Reims. Mais celui de la cathédrale s'était réservé le privilége de nommer aux prébendes vacantes à Ste-Balsamie reconnaissant aux chanoines le droit de porter l'aumuse et la chape et de participer à toutes les rétributions qui se faisaient à Notre-Dame. On leur donnait une place d'honneur aux grandes processions qui se faisaient à Reims, ils y assistaient avec leur croix et leur bannière.

(3) Le tableau est peint par Perseval : il porte cette inscription :
Hardouin, Prêtre. Chanoine de Sainte-Balsamie, maître de musique de l'église de Reims, âgé de 55 ans.

genres. Il a surtout excellé dans les faux-bourdons qu'il composa en 1773, et dans les contre-points des messes de l'Avent et du Carême.

En 1759, à l'occasion de l'impression des nouveaux livres d'offices, il avait été chargé par Mgr l'Archevêque Jules de Rohan, de revoir le plain-chant grégorien alors en usage dans le diocèse.

Ici nous nous abstenons de toute appréciation sur ce travail, afin de ne pas soulever de trop grandes difficultés et de ne pas troubler l'accord et l'harmonie qui doivent toujours régner entre les musiciens. M. Hardouin, d'après certains auteurs, a sacrifié la symphonie à l'harmonie. Encore une fois nous nous abstenons de nous prononcer. Un jour peut-être, un de nos confrères, très-versé dans la matière, M. l'abbé Allaire, nous éclairera sur ce point, s'il réalise son projet de faire l'histoire du chant à Reims.

Quoi qu'il en soit, M. Hardouin est un compositeur distingué et qui a prodigieusement travaillé, comme il sera facile de s'en convaincre dans un instant.

La biographie de Michaud assigne l'année 1754, comme étant celle où parurent les premières compositions de ce maître de chapelle : nous en avons à la cathédrale qui portent le millésime de 1752, les dernières sont de 1790.

Plusieurs des messes de M. Hardouin furent gravées. Bignon, en 1774, imprimerie de Richomme, en édita six (1) avec une dédicace au chapitre.

Sex missæ, quatuor vocibus, Venerabili Capitulo sanctæ ecclesiæ Metropolitanæ Remensis dicatæ, auctore Henrico

---

(1) Michaud, dans la biographie de M. Hardouin, par M. Lacatte Joltrois, dit que Bignon édita 12 messes. Le texte que nous donnons prouve qu'il n'y en a que six. Seulement il y a deux exemplaires à la cathédrale.
Le même biographe dit que ce fut en 1764 qu'elles furent éditées : M. *Fétis* dans sa biographie des musiciens reproduit la même date. L'inventaire de Notre-Dame porte 1774.

Hardouin, presbitero ejusdem ecclesiæ Capellano. nec non in eádem musices Præfecto.

« A MM. les vénérables Prévôt, Doyen, Chantre, Chanoines et Chapitre de l'église métropolitaine de Reims.

»Messieurs, élevé sous vos yeux dès mon enfance, et formé par vos soins, pouvais-je ne pas vous rendre ce qui vous appartient à tant de titres? C'est un tribut dont je désirais depuis longtemps de m'acquitter.

» Vous avez bien voulu l'agréer : cette nouvelle marque de bonté est d'autant plus précieuse pour moi qu'elle me donne l'occasion de vous témoigner publiquement les sentiments de la plus vive reconnaissance et du plus profond respect, avec lequel je suis votre très-humble et très-obéissant serviteur,

» HARDOUIN,

» *Prêtre chapelain et maitre de musique de l'église.* »

Les manuscrits et partitions de ces six messes étaient dans la bibliothèque de M. Fétis. Elles avaient appartenu au célèbre harmoniste Perne. Puisque la cathédrale les possède gravées, elles n'ont de valeur que comme autographes ; elles ont pour titres : 1° *Laudate nomen Domini ;* 2° *Incipite Domino ;* 3° *Collaudate canticum ;* 4° *Jucundum sit ;* 5° *Exultate et invocate nomen ejus ;* 6° *Cantate Domino in cymbalis.*

M. Hardouin a laissé plusieurs éditions d'une méthode nouvelle, courte et facile, pour apprendre le plain-chant à l'usage du diocèse de Reims, avec l'office de la Semaine-Sainte : Reims, 1762, in-12. M. Pierrard, chanoine et grand-chantre, la réédita en 1828, à Reims, chez Delaunois.

La nomenclature très-succincte, mais exacte, des différentes compositions de M. Hardouin, que l'on a comparé à Berdier et Rousseau, fera connaître avec quelle facilité il composait.

Son talent était bien connu, car il fut chargé de composer la messe exécutée en 1775, pour le sacre de Louis XVI.

M. Choron appréciait tellement M. Hardouin, que, se trouvant à Reims, il le supplia de lui vendre, à quelque prix que ce fût, ses messes qui n'étaient pas gravées.

M. Hardouin a enrichi de morceaux de musique l'insigne cathédrale de Reims. Son talent se pliait à toutes les exigences des différents morceaux qu'il composait, soit pour les temps de Pâques ou de Carême ; pour les solennités ou les circonstances tristes ; les chants d'allégresse ou les chants lugubres.

Voici la liste des 361 morceaux numérotés que M. Hardouin a laissés à la cathédrale ; les messes et les motets sont désignés par un texte de la Sainte Ecriture.

Messes à 5 voix, avec symphonie,	1 a 21.
Messes à 4 voix,	22 à 40.
Messes à 4 voix, contre-point,	41 à 46.
Proses de l'année, à 4 voix,	47 à 82.
Hymnes à 5 voix, petite symphonie,	83 à 127.
Hymnes à 4 voix et à 5 voix,	128 à 169.
Humani generis. Lætare,	170 à 177.
O de Noël et Pastores,	178 à 187.
Stabat Mater,	188 à 199.
Leçons de ténèbres,	200 à 208.
O Filii et Regina,	209 à 215.
Te Deum,	216 à 222.
Magnificat,	223 à 231.
Motets et Psaumes,	232 à 308.
Motets au T.-S. Sacrement,	309 à 317.
Hymnes à 4 voix, au S. Sacrement,	318 à 321.
Messe pour les Morts et pour les Prêtres,	322 à 327.
Noël, pour l'Avent,	328 à 339.
Hymnes pendant le temps O de Noël,	340 à 342.
Suppléments des Graduels antiphoniers.	
De Profundis, faux-bourdons des Psaumes.	
Aspersion. Messes et Hymnes de Carême, de l'Avent (en 1773),	342 à 361.

Pour compléter ce travail sur M. Hardouin, nous devrions

apprécier ses différentes compositions. Nous laissons ce soin à
M. Robert, qui le fera avec impartialité et talent.

« Monsieur Hardouin, dit-il, prêtre musicien, était un des
artistes les plus distingués du XVIIIe siècle. Il possédait à un
haut degré l'art d'écrire pour les voix ; ses connaissances très-
étendues en harmonie lui firent adopter le genre fugué ou d'i-
mitation que l'on retrouve dans tous ses morceaux d'en-
semble.

» Les contre-points fleuris qu'il fit sur le plain-chant rémois,
placé à la basse, sont et seront longtemps encore des modèles
de genre dignes de figurer dans nos meilleurs traités de haute
composition. Les nombreuses mélodies qu'il nous a laissées, et
dont plusieurs ont été couronnées dans les concours qui eurent
lieu à cette époque, sont presque toutes expressives, gracieuses
et agréables. On y remarque surtout la symétrie parfaite qui
existe entre les différents membres d'une même phrase, la con-
cordance de la ponctuation musicale avec la ponctuation gram-
maticale, l'observation rigoureuse des quantités latines et l'expression musicale toujours en rapport avec les sentiments ex-
primés par les paroles.

» M. Hardouin nous a laissé aussi une collection de messes,
d'hymnes et de motets avec accompagnement d'orchestre dont
le mérite vocal est incontestable, mais qui laissent tant à désirer
sous le rapport symphonique, qu'il est mieux de ne pas en
parler.

» C'est à M. Hardouin que l'on doit la supériorité du plain-
chant rémois sur ceux des autres diocèses ; il fut chargé de mo-
difier l'ancien chant, et même de le compléter en composant
des proses, des hymnes, des motets et des offices entiers qui
figurent encore dans le supplément de Reims. La plupart de ces
morceaux sont mesurés et appartiennent à la tonalité moderne ;
ils ne dépassent pas l'étendue d'une dixième et sont par con-

séquent à la portée des voix ordinaires ; les tournures de phrase sont tellement chantantes et faciles que dès la seconde audition on peut les chanter de mémoire ; en les entendant on respire un air de fête qui fait du bien : on voit que l'auteur a voulu forcer les fidèles à joindre leurs voix à celles des chanteurs du chœur, afin d'augmenter la solennité des fêtes. Sous ce rapport, l'auteur avait atteint son but, car, à cette époque, ces chants étaient devenus si populaires qu'on les chantait non-seulement pendant les offices, mais aussi dans les familles qui avaient l'habitude de fréquenter les églises.

» M. Hardouin nous a laissé quelques faux-bourdons sur le chant des psaumes dont l'effet était vraiment splendide, surtout lorsqu'on les chantait dans une grande église.

» Ces chants sont arrangés à 5 parties parfaitement distancées, la basse, qui est toujours dans l'état direct, est faite par l'orgue et les contre-basses, le chant est fait par les basses vocales, le baryton et le ténor complètent les accords ainsi que le soprano, dont la partie est généralement plus chantante que les autres. Les amateurs de musique conserveront longtemps encore le souvenir de ces beaux chants.

» Je termine cette faible appréciation en citant un mot du grand Chérubini, qui exprimera mieux que tout ce que je viens de dire la valeur de M. Hardouin et de ses œuvres :

» Chérubini se trouvant à Reims avec son chef d'orchestre, Plantade, à l'époque du sacre de Charles X, eut l'occasion d'entendre une messe composée par M. Hardouin. Après l'avoir écoutée avec beaucoup d'attention, cet éminent artiste dit à Plantade : Mon ami, voilà encore notre maître à tous. »

REIMS, IMPRIMERIE V. GEOFFROY ET Cᵒ.